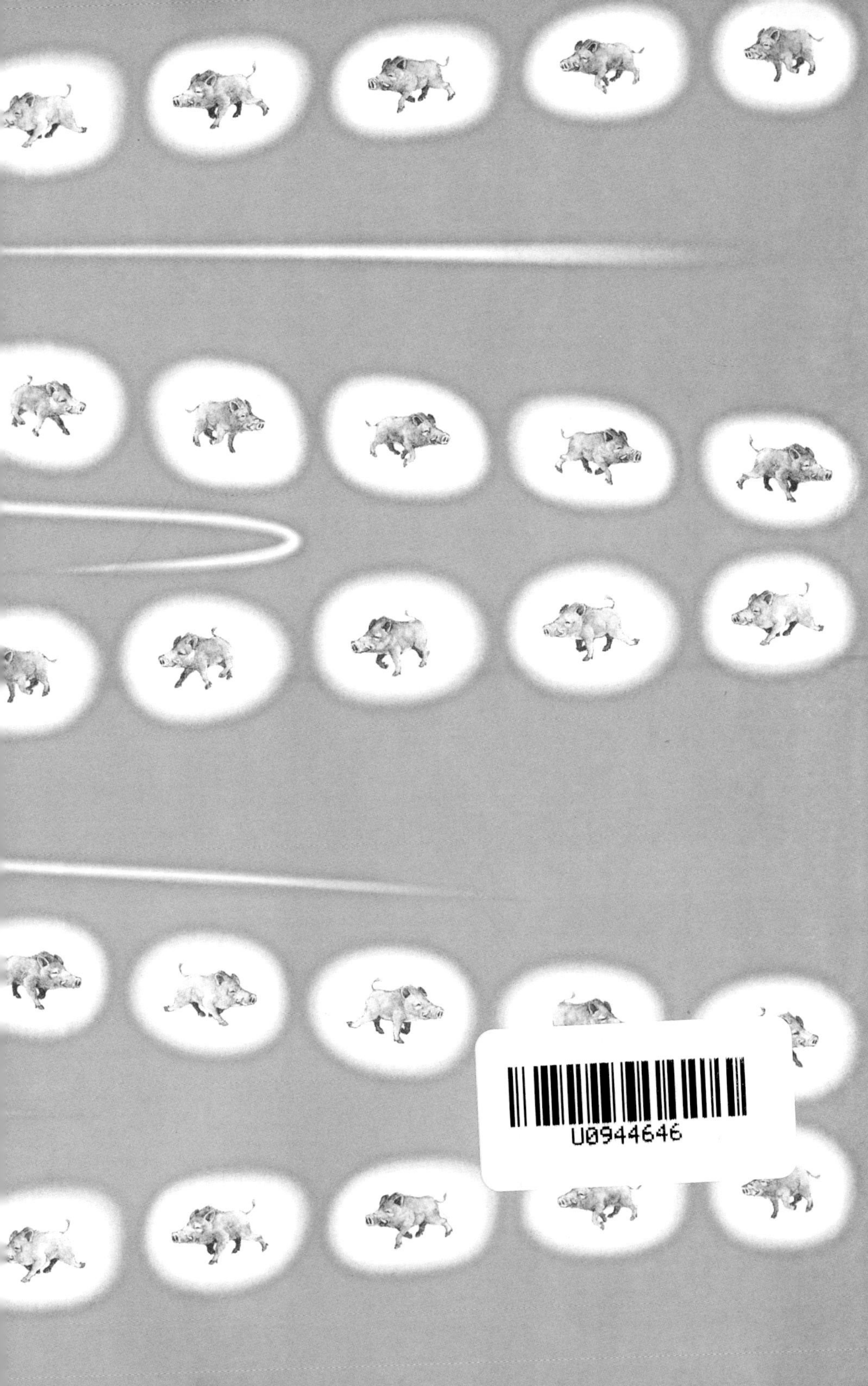

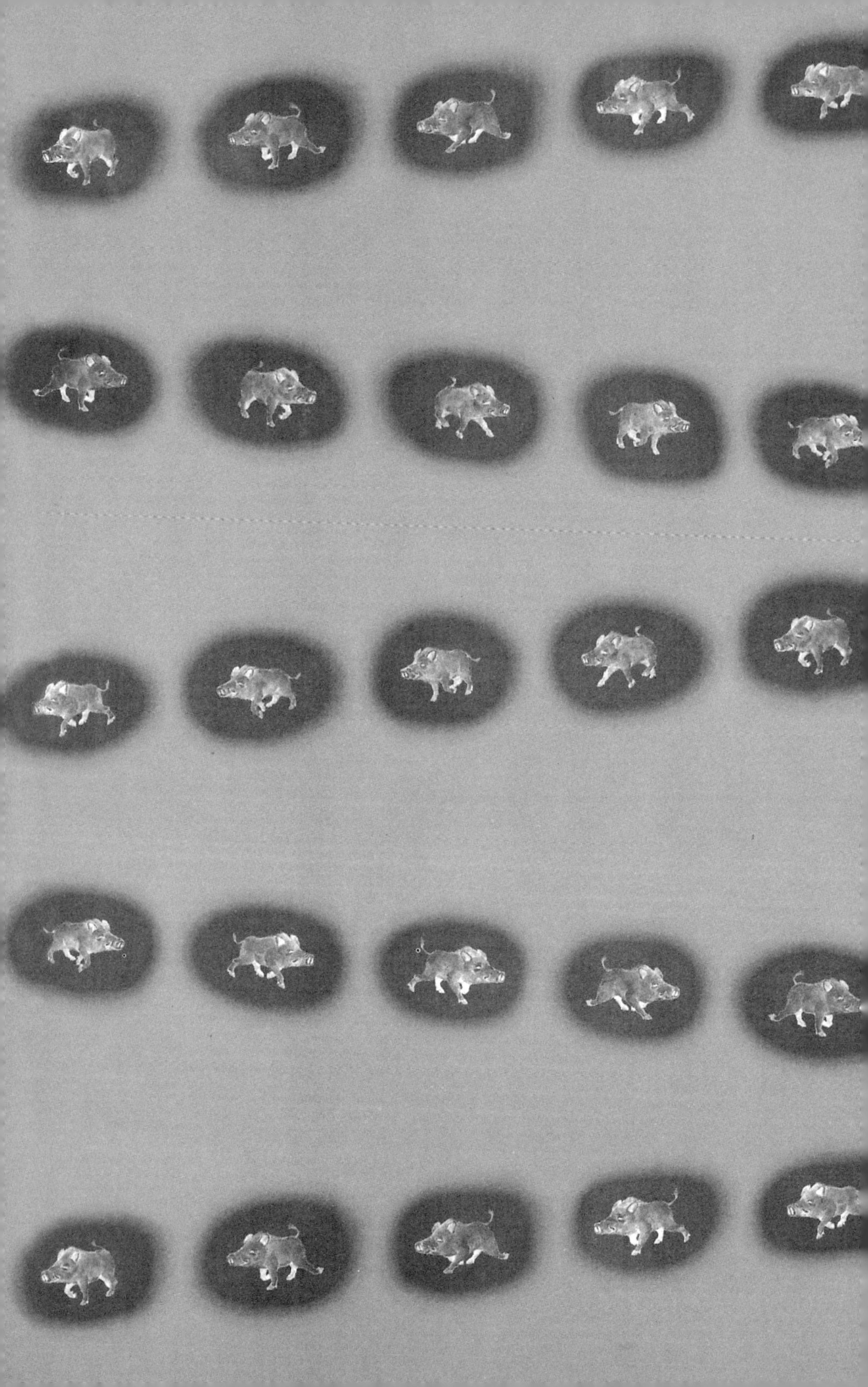

名家名绘版

西顿动物记

[日] 小林清之介/文　[日] 高桥清/图　王维幸/译

10

战斗的野猪

中国人口出版社
China Population Publishing House
全国百佳出版单位

前　言

在北美，有一个名叫西顿的大叔，他非常喜欢动物。

他常常观察动物，还写了很多动物故事，除了狼、狗熊和鹿以外，还有许多其他的动物。

他的故事不仅生动有趣，还活灵活现地描绘了动物们的生活状态。

“野猪”是什么？

“吹泡，吹泡，你在哪儿？”

普兰提的女儿莉赛特喊。

咦？没有回应。吹泡到底去哪儿了呢？

莉赛特担心起来，在院子里到处找。

“啊，原来是在那儿啊。”

没错。小不点儿吹泡正偷偷地躲在草丛深处呢。

啊，被找到了！

发现被找到后，吹泡一下跑了出来。

“喂，站住！”

吹泡“哧溜”一下从莉赛特的手底下钻过去，一溜烟跑了。

可是，追赶游戏很快就结束了。吹泡立刻就厌倦了逃跑游戏，乖乖就擒了。

它背朝莉赛特趴了下来。

好像在说:“喂,给我挠挠背。”

莉赛特用指甲“咯吱咯吱”地帮吹泡挠起背来。

啊,真舒服。

小不点儿吹泡眯缝着眼睛,舒服极了。

吹泡是小狗吗？还是小猫？不是，都不是。

吹泡是一只小野猪。

“野猪？是什么动物？”

大家一定都很纳闷儿吧！下面我就把“野猪”的情况给大家讲讲。

很久很久以前，有一只人类饲养的猪想到更广阔的地方去，就偷偷地逃了出来，跑到森林里生活去了。

一只，一只，又一只，经过很长一段时间，这种猪的数量逐渐多了起来。

逃走的猪的身体和脸在一点点发生变化，最后变成了一种跟它的祖先——真正的野猪非常像的动物。

既像家猪一样跟人亲近，又像真正的野猪一样强悍，这就是我们这里所说的“野猪”。

美国的弗吉尼亚州生活着很多类似的“尖背野猪”，它们的后背上密密麻麻地长满了又硬又长的毛。

野猪平时生活在森林里。可是，冬天就会来到人类房屋的周围。因为森林里没有食物了。

这时，它们就靠人类厨房的剩饭剩菜生活。

小姐在喊我

普兰提是附近的一个农民。莉赛特是家里的独生女，今年 13 岁。

故事还要从前些日子说起。一个多月前，莉赛特去森林采摘野草莓。野草莓就是一种野生的小草莓。

她忽然遇上一只熊，一只可怕的大黑熊。

黑熊忽然像人类一样用后腿站了起来。莉赛特被吓瘫了，动弹不得。

就在这时，有两只野猪从森林深处走出来。

是野猪妈妈和小野猪。

熊立刻朝野猪妈妈扑上去。因为熊最喜欢野猪肉了。

激烈的搏斗开始了。莉赛特趁机逃走了。

莉赛特认识那只野猪妈妈。就是上次来莉赛特家院子里要食物的那只母猪。

“要是没有野猪出来，说不定我早就被熊杀死了。你快去救救那些野猪吧。”

莉赛特央求普兰提。

“好，你赶紧带路。”

普兰提扛起猎枪，带上两只狗，跟莉赛特赶往森林。

熊早就不见了踪影。地上只有被熊吃剩的野猪妈妈的尸体。

下面还躺着小野猪们的尸体。它们全被熊拍死了。

“啊，太可怜了。”

莉赛特流下了眼泪。

咦？这时，狗发现草丛里还躲着一只小猪。原来有一只小猪逃过了一劫。

爸爸抓住小猪的后腿，捉住了小猪。

于是，小猪就被莉赛特饲养起来。由于小猪跟狗打架的时候，会气得把嘴巴一张一张的，嘴边全是白泡泡，所以就被叫作“吹泡”。

莉赛特很会吹口哨，是跟爸爸学的。她只要把手指夹在嘴唇间一吹，就会发出“噼噼”的声音。很远都能听得到。

莉赛特经常用口哨喊吹泡。

聪明的吹泡立刻就记住了。

一听到口哨，“啊，小姐在喊我”，然后吹泡就会穿过院子，猛跑过来。

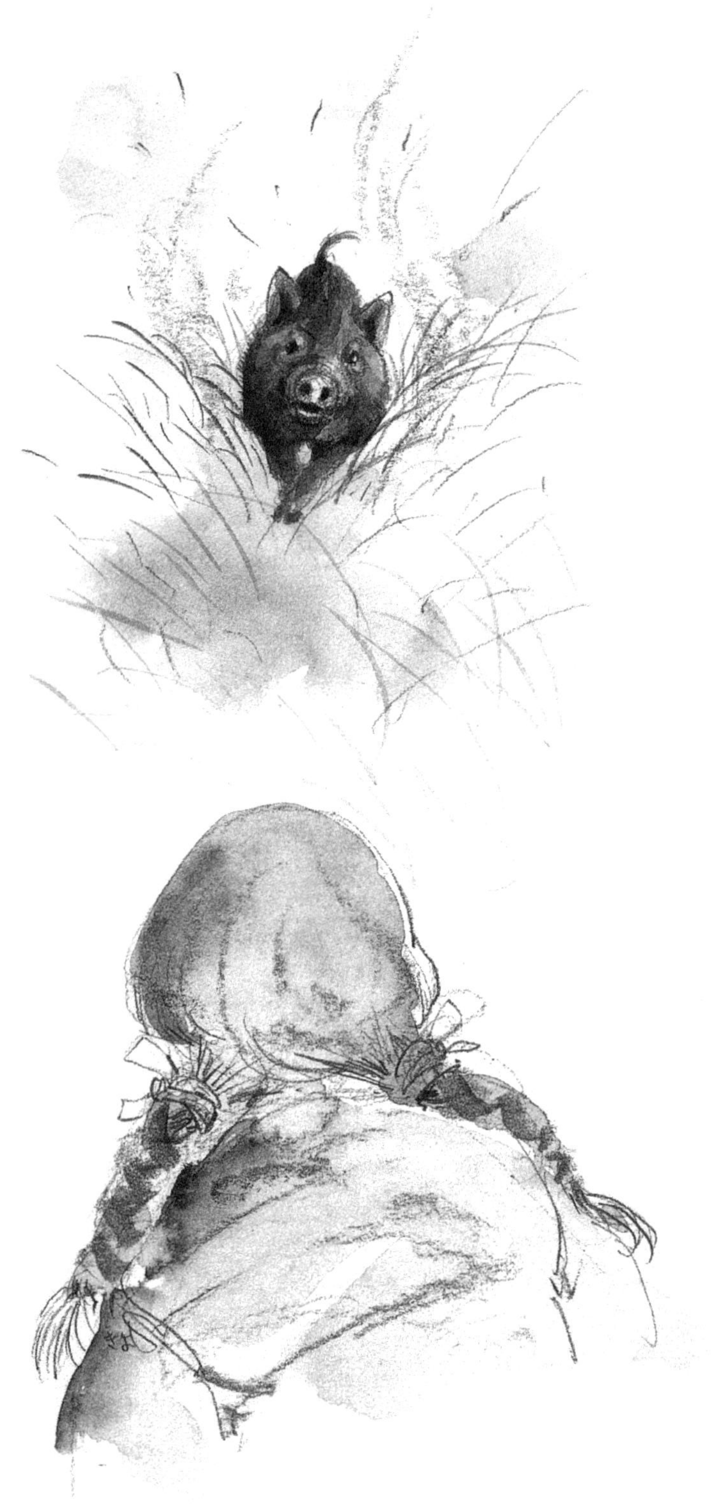

涂满鞋油

可今天，莉赛特没吹口哨，吹泡就跑了过来。

它围着莉赛特转了三圈，还哼哼着鼻子，似乎在要吃的。

莉赛特正在院子里擦鞋。吹泡就把前腿搭在旁边的凳子上，抬头看着莉赛特。

“对了，我们玩儿个有趣的游戏吧。”

莉赛特把鞋油抹在刷子上，然后刷到吹泡的前腿上。

再“咻咻咻”地一擦，咦？吹泡粉色的脚趾竟然变成了油亮的煤黑色。

吹泡眨着眼睛，不断闻着前腿上的气味，还“咕咕”地哼着鼻子。

似乎对这种俏皮的打扮很满意。

从这以后，莉赛特每次擦鞋的时候，吹泡都会跑过来，把前腿伸过来。

吹泡是个喜欢撒娇的捣蛋鬼，一点儿都不像勇敢的野猪的孩子。

直到一天早晨，一只小狗跑到院子里，“汪，汪”地叫着。

普兰提饲养的鸭子和小山羊正在院子里玩儿。

小狗很凶。追赶着四处躲逃的鸭子，一口咬住了鸭子后背上的翅膀。

“呜，呜——汪，汪——”

它还得意地抡起鸭子来。

吹泡突然从院子的一角跑过来。“啊呜”，冲着小狗的肚子就是一口。

它用尖锐的牙齿给了小狗一击。

“嗷——嗷——”

小狗一声惨叫，倒在地上。

小狗被吹泡咬伤，血淋淋地逃走了。

等莉赛特来院子看时，吹泡已经变回了从前那个喜欢撒娇的小猪了。

它把前腿放在凳子上，把鼻尖放在两条腿中间。

“吹泡好厉害哦！”

莉赛特又给它抹起鞋油来，从前腿到鼻子尖，全都抹了个遍。

“啊，熊！”

一天晚上。附近来了一只大熊。

哼哼，好香啊，有野猪味儿。

大熊翻过普兰提家的栅栏，想进院子。可由于身体太重，“咯吱咯吱”，栅栏一下子就被它压垮了。熊一头跌倒在院子里。

吹泡正把头枕在小羊松软的背上睡觉。

是谁这么大声！还有一种恶心的气味！

啊，熊！

吹泡迅速躲到一边。好险啊。

“扑通”，熊的前腿眨眼就落了下来。可怜的小羊一下就被拍死了。

吹泡虽然上次把小狗打跑了，可是它却敌不过熊。

逃！

吹泡迅速钻过栅栏，一溜烟往外面跑去。

普兰提和莉赛特醒了。

周围的人也都起来了。

“糟了！熊把小羊给抢走了。”

不知是谁喊了一声。没错。熊没杀成野猪，就叼起小羊逃走了。

人们顿时忙乱起来，有的扛着猎枪，有的带着狗，一群人追赶起熊来。

普兰提冲在最前头。

熊是个狡猾的家伙。

它知道拿猎枪的人类有多么可怕。

“扑通！”熊一下跳进河里。巧妙地浮在水上，被流水冲走了。

河流湍急。

熊逃跑的速度远远超出了普兰提等人的想象，眨眼间就被冲到了远处。

到了很远的河下游之后，熊游上了岸。逃到这儿就没事了。

熊悠闲地朝森林里走去。

普兰提等人后来怎么样了呢?

狗闻着熊脚印的气味一路追过去，大家都跟在后面。可是追到河边后，气味忽然消失了。

普兰提等人只好抱怨着撤了回去。

不久，逃走的吹泡也平安回到了莉赛特身边。

被响尾蛇咬到

莉赛特居住的弗吉尼亚州是一个温暖的地方。虽然现在已经到了 10 月，可仍像夏天一样热。

莉赛特今天去河里游泳。她游累了，正要上岸的时候，忽然发现了一个可怕的东西。

“啊，响尾蛇！”

这是一种剧毒的响尾蛇。它正盘在莉赛特脱下的衣服上。

糟了，这可怎么办呢？

莉赛特把手指含在嘴里，“咻”地吹了个口哨。说不定爸爸会听到立刻赶来呢。

结果却一点儿回应都没有。一个小时过去了，连一个人影都没有出现。

太阳火辣辣地晒着，把莉赛特的皮肤都晒疼了。

“啊，这下麻烦了。”

这时，岸边的杂草忽然“刷”地摇晃了一下。有个东西慢慢过来了。是爸爸？还是熊？

“啊，原来是吹泡。”

小野猪能打过响尾蛇吗？恐怕够呛。好容易来了一个，却帮不上一点儿忙。

不，说不定还会被响尾蛇干掉呢。

突然，一阵“嘎啦嘎啦”的声音响起来。

响尾蛇愤怒地抖起了尾巴。吹泡吓了一跳，退到后面。

可是，它却不认输。

“混蛋！”吹泡被激怒了，反倒竖起了脖子上的毛。

响尾蛇是一种可怕的蛇。会像闪电一样咬过来。哪怕被咬到一点儿都会很糟糕。毒液会立刻扩散到全身。

蛇和吹泡对攻了两三次，不分胜负。然后再次对峙起来。

蛇把镰刀形的脖子猛地一伸。

啊，疼、疼、疼……

吹泡顿时觉得脸上被扎了一下，一阵刺痛。它被咬到了。这可糟了！

毒性不久就会发作的，吹泡会有生命危险。

可是，吹泡并没有被打趴下，而是猛地朝蛇扑过去，把尖刀一样的獠牙刺进了蛇的喉咙，然后摔到地上。

蛇刚要起来，吹泡再次扑过去，用锐利的脚趾把蛇头踩烂。

蛇痛苦地挣扎着。

“该死的家伙！该死的家伙！”

吹泡挥舞着獠牙，把蛇的肚子撕裂。

蛇最终被撕成了稀巴烂，死掉了。

莉赛特担心吹泡会不会死掉。

可是没事，野猪的脸就是中了蛇毒也没事。

为什么？因为这儿没有血管，不会把毒液输送到全身的。

“吹泡，谢谢你。我该怎么感谢你才好呢？”

莉赛特高兴得流下了眼泪。

吹泡一转身，把后背朝向莉赛特。

仿佛在说：“帮我挠挠这儿。”

“嘎吱嘎吱，嘎吱嘎吱”，莉赛特帮吹泡挠起毛茸茸的后背来。

熊的泥浴

一天，吹泡突然离家出走了。事情发生在被莉赛特饲养后的第三年。

不管莉赛特怎么吹口哨都没回来。

“大概是回森林了吧。

“虽然冷清了些，可也没办法。吹泡既不是小狗，也不是小猫。既然是野猪，自然要重返森林的。一直待在家里反倒是怪怪的。”

莉赛特安慰着自己。

果然被她猜对了。

已经成年的吹泡是被一种神奇的气味吸引回到森林的。

它现在已经是一头健壮的公猪了。

从脖子到后背长满了金色的毛，就像马鬃一样。

吹泡的身后还跟着另一头野猪。它是白色的，个头儿比吹泡小一些，是一头母猪。

它就是吹泡的妻子。

吹泡就是被这头母猪的气味吸引回森林的。

“咦？好奇怪的声音啊。”

它的妻子朝听到的声音靠近，来到一个泥塘。

啊，熊！

“嗷——”一头躺在泥塘里的熊忽地站了起来。好脏哦，身上全都是泥巴。

吹泡认识这头熊。

小时候，它的妈妈就是被这头熊杀死的。

如果自己迎上去，战斗马上就会开始。可是，野猪是一种温顺的动物，它并不想打架。

熊也不想打架。为什么？因为它正泡在泥里做泥浴呢。

熊的身上长了疮，为了治疮，它正做泥浴呢。

“咕，咕！”

“呜，呜！”

吹泡和熊互相咆哮着，一点点后退。

今天的决战暂时延期。

吹泡带着妻子撤回了森林深处。

不久，吹泡和妻子生下了好多可爱的猪宝宝。

小野猪们跟在两只大野猪的后面，晃晃悠悠地会走路了。

消灭野猪

普兰提家的农田被糟蹋了。莙荙菜、西瓜、芦笋、卷心菜全被啃坏了。

肯定是有人趁夜干的。到底是谁在搞破坏呢？

普兰提把猎人希尔·比利叫来。

希尔·比利把留在地上的脚印仔细调查了一番，说：

“是野猪干的。两只大野猪领着一群小野猪。”

莉赛特担心起来。

“爸爸，肯定不是吹泡。肯定是别的野猪干的。”

爸爸普兰提很生气。

“我不管是吹泡还是别的野猪，总之，这种干坏事的家伙我一定要消灭……”

在普兰提的请求下，希尔·比利前去消灭野猪。

他扛着猎枪，带着五只强壮的猎犬进了森林。

狗很快就闻出了野猪的气味。它们不断追赶野猪。可是，当野猪发现无路可逃后，却反扑过来。

“汪——汪——”

三只猎狗眨眼间就被野猪的獠牙刺中，倒在地上。紧接着，又一只也被拱翻。

希尔·比利吓慌了，一个劲儿地躲闪，连端猎枪瞄准的空儿都没有。

剩下的一只狗咬住了野猪的腿。

希尔·比利说了声“机不可失”。

他是向野猪放枪了吗？

不！吓坏的希尔·比利竟然把猎枪一丢，爬到附近的树上躲了起来。

野猪立刻就干掉了咬腿的狗。它抬头望着树上的人类，“嘎吱嘎吱”地咬着牙齿。

除了希尔·比利以外，普兰提也扛着猎枪，带着莉赛特匆匆向森林深处进发。

可是，普兰提却在路上绊了一跤，摔倒在地上。他把脚扭伤了。

“疼，疼，疼死我了。你先带着这把猎枪去希尔·比利那儿，我随后就到。你告诉他，在我赶到之前，一定不要让野猪逃了。”

莉赛特边走边喊：

“大叔，希尔·比利大叔。”

远处传来一阵微弱的回应。莉赛特一面吹着口哨，一面继续走。

你是吹泡吧？

希尔·比利得知吹口哨的是莉赛特后，在树上大喊起来。

“危险，有野猪！快放猎枪！快、快放！”

莉赛特没听他的提醒，而是爬到一棵倒地的大树上，再次吹起口哨来。

结果，一头大野猪突然出现在眼前，粗短的獠牙上还沾着狗血。

莉赛特吓了一跳。可不知为什么，野猪却很高兴。

“咕——咕——”

还哼着鼻子凑了上来。

“啊，明白了。你是吹泡吧？”

莉赛特叫起来。

不过，吹泡长得也太大了，分明已经变成了一头可怕的野猪，陌生人肯定会被吓一跳的。

没错，杀死了五只狗，并把希尔·比利赶到树上的就是这个吹泡。

可是，此刻它又变回了那个被喂养时喜欢撒娇的小猪。

它用后腿站起来，把前腿搭在歪倒的树上，用粗糙的脸蹭着莉赛特的脚。

“啊，这儿可没有鞋油啊！”

莉赛特没抹鞋油，而是“咯吱咯吱”地帮吹泡挠起后背来。

树上的希尔·比利发疯般的仍在喊：

“快放枪！再犹豫就会被它杀死的。”

不久，吹泡就愉快地返回了森林深处。

普兰提的农田依然被野猪破坏着。

普兰提脚伤好了以后，又跟希尔·比利去了森林，这一次他是瞒着莉赛特去的。

瘦小的希尔·比利腿脚很快，不断往前走。

肥胖的普兰提有点儿慢，被落在了森林里。

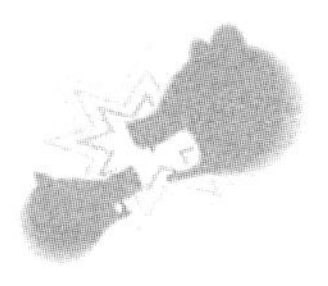

熊与野猪的大战

“吱——吱——”

一阵动物的叫声忽然传来。

是小野猪的叫声。普兰提急忙朝声音的方向赶去。

他来到一处树木很少的开阔地带。地上倒着一棵大树。

普兰提爬到树上，望着对面。

“啊！”

普兰提心里“咯噔”一下。

原来有一只大熊。

稍远的地方还有一只野猪。虽然是一头大公猪，可是跟熊比起来，还是小多了。

野猪的身后还有一头野猪。

一头短鼻尖、小獠牙的小野猪，是头母猪。

咦？再仔细一看，附近的赤杨后面还藏着好几只小猪仔呢。

啊，明白了。原来是喜欢野猪肉的熊盯上了小猪仔。

吹泡挡在前面，不让熊伤害孩子。

熊一步步逼近小猪，吹泡立刻挡住去路。

小猪们“吱吱”叫着逃开了。

还有一只拖拉着身体，大概是刚才被熊弄伤了吧。

突然，熊朝吹泡猛扑过去。“扑通！扑通！”熊用粗大的前脚猛地击打吹泡的后背。

“混蛋！”

吹泡摇摇晃晃，用腿使劲撑住。然后把尖刀一样的獠牙“噗噗”地朝熊肚子上捅去。

两只野兽各自跳开。

同样的攻击反复了两三次。

“这次非干掉你不可！”

熊又一次猛冲过来，跳到了吹泡的身上，使出浑身力气，它想压死吹泡。

“压、压死我了。”

吹泡眼看就要喘不上气了。

它拼命地从下面顶着熊的身体。

可是，熊并不躲，像大石头一样压着它。吹泡逐渐撑不住了。

这时，母猪猛地朝熊肚子上拱去。

吹泡趁机甩掉了熊。

两只野猪合力，最终捅死了熊。

普兰提舒了一口气。

“勇敢的吹泡，是你从响尾蛇那里拯救了我的女儿。可是我却要杀死你。我真是造孽。

“要想保护农田，只需把栅栏做得牢固些就行了。我要保护你。绝不会让任何人杀死你，直到你变成一只步履蹒跚的猪爷爷。”

吹泡一点儿都不知道普兰提一直在关注着它。它带着妻子和孩子们，返回了森林深处。

西顿与野猪

《战斗的野猪》的原题为《Foam》。Foam 在英语中即泡泡、气泡的意思。由于主人公野猪生气的时候会从口中吹泡泡，所以便取了这样一个昵称。

这里的野猪指的是野生化的家猪，关于这一点，我将在后面的“关于动物”一节中详细介绍。虽然也有一些书将其译成真正野猪的那个“野猪”。不过，无论其野生化到多么接近真正野猪的状态，它也不是真正的野猪。

《战斗的野猪》是收录在单行本《野生动物的生存方式》（1916 年）中的一篇，出版于西顿 56 岁的时候。

动物小时候被人类喂养，长大后回归自然，这是西顿最喜欢使用的一种情节模式。《松鼠旗尾的冒险》也是如此。不过在《战斗的野猪》一文中，动物与人类的联系更加紧密，情感纽带始终没有间断。

由于野猪会毁坏农田的作物，所以不太受当地人的喜欢。可是，西顿却对这种动物很感兴趣，并将其选作了《动物记》的主人公之一。西顿曾说过："野猪的眼睛深处藏着一种聪明美丽的灵魂。如果知道了这一点，就会有更多的人对讨厌的尖背野猪投以友好的目光。"

西顿对野猪的生活状态从各个角度进行了细致观察。然后将观察结果巧妙地结合在一起，写成了这篇故事。据说野猪与熊大战的情节是

从密歇根州的一个木材商人那儿听来的。不过，西顿说，那个人的名字他已经记不起来了。

西顿从不靠凭空想象来写故事。他使用的材料要么是自己亲眼所见，要么就是从可信之人那儿听来的。出场的动物之所以一个个都活灵活现，就是因为这一点。熊为了治疗皮肤病而泡泥巴的情节就是西顿亲眼所见。

西顿写了很多熊的故事，不过，熊以与主人公敌对的角色出场的却只有《猎熊犬比利》和这个《战斗的野猪》。

野猪与其同类

家猪的祖先是野猪（真正的野猪——译注）。人类饲养野猪，将其一点点改良之后的品种则是家猪。家猪再次野生化，变成像真正野猪一样的品种,这便是本文中所谓的“野猪”。

虽说都是猪，可生活在亚洲的朝鲜猪和中国东北部的猪却比较原始，它们更多地残留着真正野猪的特征。甚至乍一看根本就分辨不出到底是野猪还是家猪。美洲的尖背野猪也是这种猪野生化后的品种，在迪士尼的纪录影片中也有其出场亮相的镜头，它们跟真正的野猪也十分相似。

美洲大陆的真正野猪名叫西貒，是一种肩高只有45厘米的小型种类，主要生活在德克萨斯北部的平原和沙漠区域。尖背野猪跟西貒

不同，关于其起源众说纷纭，有人说它是从欧洲带来的猪的子孙后代，也有人说是跟西貒的混血。

不只是尖背野猪，随着一代代积累，野生化的家猪逐渐表现出接近祖先野猪的特征。短缩的小鼻子也逐渐伸长，变成野猪的脸型。

这种状况主要是由野猪自身的生活状态所造成的。为了寻找昆虫和树根果腹，野猪需要用鼻子来挖地或搬动大石头，有时候还要拨开草丛，为了适应这种生活状态，鼻子就逐渐变成了结实的前突状态。

可是，被人类饲养的家猪已经不需要寻找食物，鼻子自然就退化了，变成了上翘的所谓“猪鼻子”。而一旦再度野生化，由于生存需要，

鼻子就会逐渐恢复到原先的形状。经过数代积累之后，就会变成野猪祖先的那种长鼻子。身体的其他部位也会逐渐变化，性情也回归残暴。

尖背野猪生活在美国的东南部，数量在逐渐减少。尖背野猪和佛罗里达半岛的跳水猪是野猪中的典型代表。另外，西印度群岛也有其他种类的野猪。

小林清之介

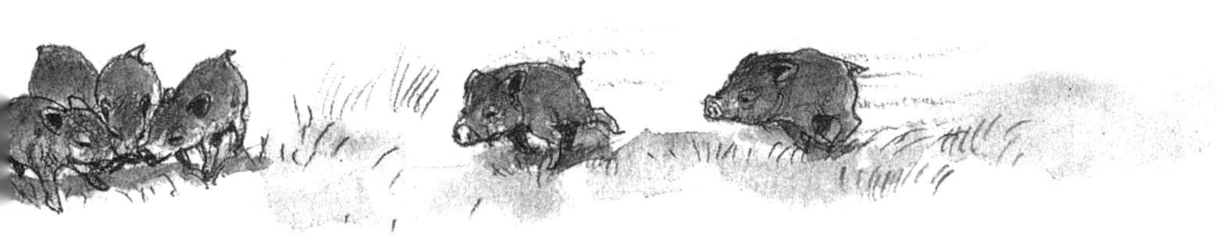

小林清之介

1920 年生于东京，曾在动物学者岛春雄、昆虫学者石井悌等人的指导下饲养并观察野鸟、昆虫及其他小动物，多年来致力于动物资料的收集活动。

1962 年以后开始作家生涯，不仅为成人撰写动物随笔、动物启蒙说明，还专为儿童撰写了不少有趣的动物故事，近年来在俳句方面的著述也颇丰。

主要著述有：面向成人的《麻雀的四季》（全集日本动物志 2）（讲谈社）、《季语深耕·鸟》《季语深耕·虫》（角川书店）、《日本的小动物志——昆虫与野鸟》（每日新闻社）、《动物五百句》（明治书院），面向儿童的《日本昆虫记》全五卷（翌桧书房）、《野鸟的四季》（第 23 届小学馆文学奖）（小峰书店）、《法布尔（传记）》（行政）等书。

高桥清

少年时期即对昆虫和花草感兴趣，成年后从事油画创作，同时活跃于动植物与昆虫相关的绘本和插图领域。

著有《法布尔昆虫记（全 10 卷）》的插图等数种（翌桧书房），绘本方面则有《道旁的四季》等数种（福音馆书店），另外，还在各出版社从事昆虫、植物等自然生态类的插图、图鉴的创作。

参加过“行动美术协会会员（油画）壳奖展”“安井奖展”等画展。日本理科美术协会会员。

版权登记号：01-2016-6605

图书在版编目（CIP）数据

战斗的野猪/（日）小林清之介文；（日）高桥清图；王维幸译.--北京：中国人口出版社，2017.11
（西顿动物记）

ISBN 978-7-5101-4688-6

Ⅰ.①战… Ⅱ.①小…②高…③王… Ⅲ.①儿童故事-图画故事-日本-现代 Ⅳ.①I313.85

中国版本图书馆CIP数据核字（2016）第231450号

西顿动物记

战斗的野猪

出版发行　中国人口出版社
社　　长　邱　立
责任编辑　张文超
特约编辑　魏亚西
印　　刷　北京中科印刷有限公司
书　　号　978-7-5101-4688-6
开　　本　787mm×1092mm　1/16
印　　张　6
字　　数　40千字
版　　次　2017年11月第1版
印　　次　2017年11月第1次印刷
网　　址　www.rkcbs.net
电子邮箱　rkcbs@126.com
总编室电话　(010)83519392
电　　话　(010)83534662
传　　真　(010)83518190
地　　址　北京市西城区广安门南街80号中加大厦
邮　　编　100054
定　　价　35.80元

西顿动物记
1
狼王洛波

西顿动物记
2
塔拉克山的熊王

西顿动物记
3
松鼠旗尾的冒险

西顿动物记
4
银狐的故事

西顿动物记
5
麻雀兰迪

西顿动物记
6
猎熊犬比利

西顿动物记
7
少年与猞猁

西顿动物记
8
吉尔达河畔的浣熊

西顿动物记
9
豁耳兔

西顿动物记
10
战斗的野猪

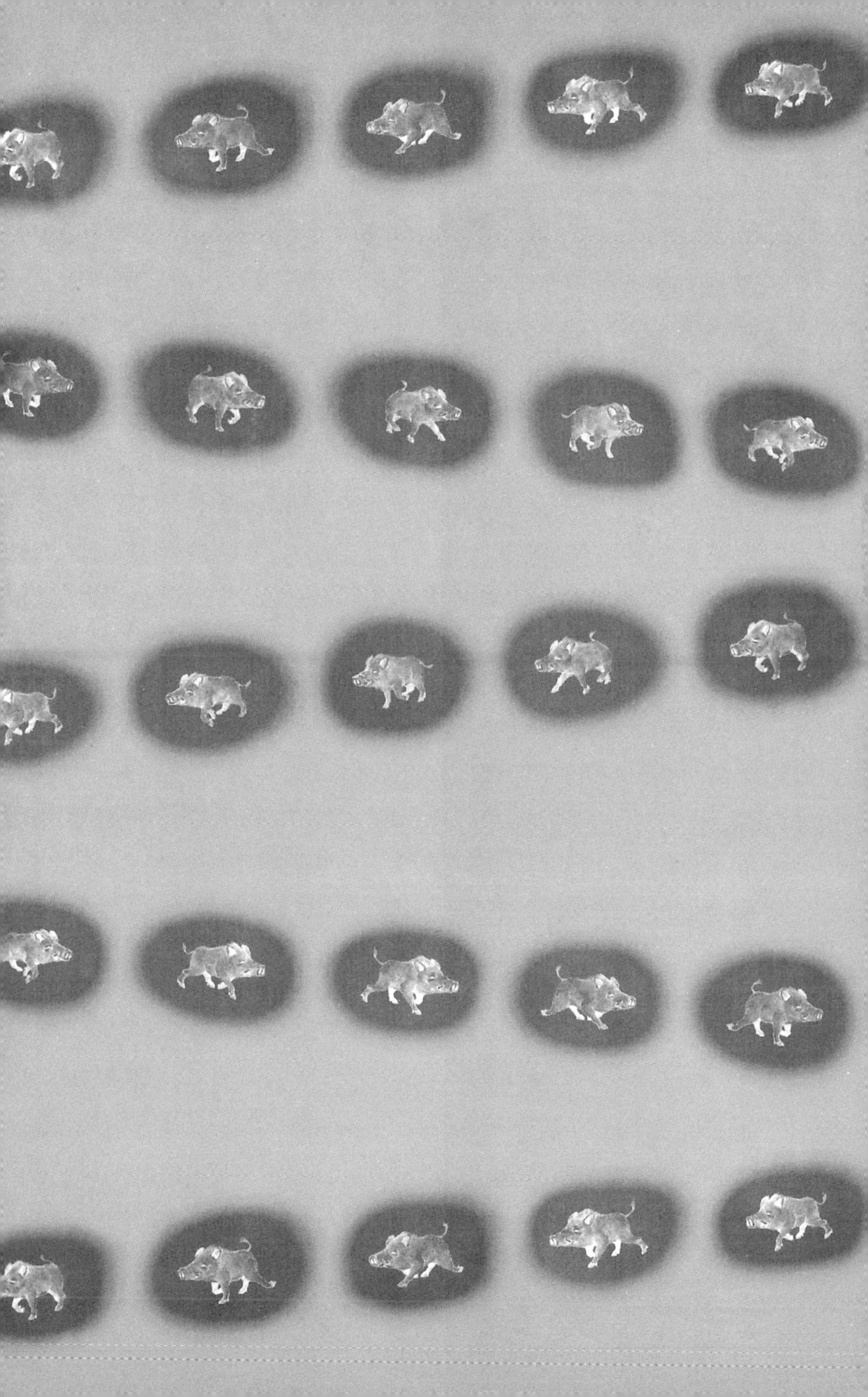

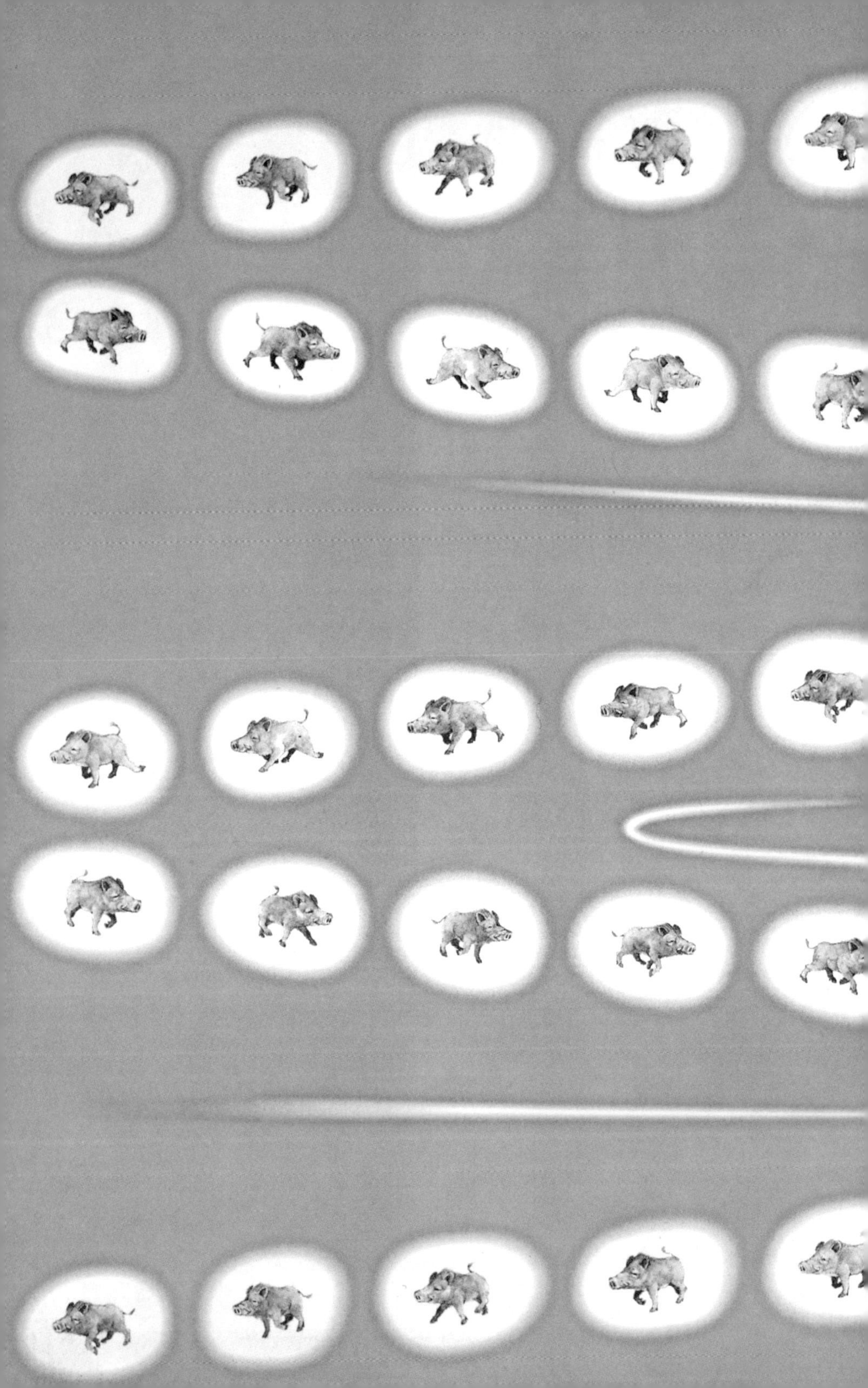